Агния Барто

Верёвочка

Стихи

Иллюстрации С. Карамелькиной

Москва
«Махаон»
2014

Дело было в январе

Дело было в январе,
Стояла ёлка на горе,
А возле этой ёлки
Бродили злые волки.

Вот как-то раз,
Ночной порой,
Когда в лесу так тихо,
Встречают волка под горой
Зайчата и зайчиха.

Кому охота в Новый год
Попасться в лапы волку!
Зайчата бросились вперёд
И прыгнули на ёлку.

Они прижали ушки,
Повисли, как игрушки.

Десять маленьких зайчат
Висят на ёлке и молчат –
Обманули волка.
Дело было в январе –
Подумал он, что на горе
Украшенная ёлка.

Фонарик

Мне не скучно без огня –
Есть фонарик у меня.
На него посмотришь днём –
Ничего не видно в нём,
А посмотришь вечерком –
Он с зелёным огоньком.
Это в баночке с травой
Светлячок сидит живой.

Раковина

Я раковину эту
В коробке берегу.
Она лежала раньше
В песке на берегу.

Мой дедушка
С Кавказа
Привёз её с собой.
Её приложишь к уху –
А в ней шумит прибой
И ветер гонит волны...
И в комнате у нас
Мы можем слушать море,
Как будто здесь Кавказ.

Посторонняя кошка

Мы до сих пор не поняли:
О чём же вышел спор?
К нам кошка посторонняя
Вчера пришла во двор.
А мамы из окошек
Бранят нас из-за кошек:
– Не подходи к ней близко,
Тебя царапнет киска!
– Тут ходят кошки разные...
– А вдруг они заразные?

И пошло, как говорится,
Расшумелся весь подъезд,
А у мам такие лица,
Будто к нам пришла тигрица
И вот-вот кого-то съест!

Кричит с балкона бабушка,
Старушка в тёмной шали:
– Ну чем, скажи, пожалуйста,
Вам кошки помешали?

– Но мы её не гоним прочь! –
Тут все затараторили. –
Пускай сидит хоть день и ночь
На нашей территории.
Вы нас неверно поняли,
Ей не желаем зла...
Но кошка посторонняя
Обиделась, ушла.

Верёвочка

Весна, весна на улице,
Весенние деньки!
Как птицы, заливаются
Трамвайные звонки.

Шумная, весёлая,
Весенняя Москва.
Ещё не запылённая,
Зелёная листва.

Галдят грачи на дереве,
Гремят грузовики.
Весна, весна на улице,
Весенние деньки!

Тут прохожим не пройти:
Тут верёвка на пути.
Хором девочки считают
Десять раз по десяти.

Это с нашего двора
Чемпионы, мастера.
Носят прыгалки в кармане,
Скачут с самого утра.

Во дворе и на бульваре,
В переулке и в саду,
И на каждом тротуаре
У прохожих на виду,
И с разбега,
И на месте,
И двумя ногами
Вместе.

Вышла Лидочка вперёд,
Лида прыгалку берёт.

Скачут девочки вокруг
Весело и ловко.
А у Лидочки из рук
Вырвалась верёвка.

– Лида, Лида, ты мала!
Зря ты прыгалку взяла! –
Лида прыгать не умеет,
Не доскачет до угла!

Рано утром в коридоре
Вдруг раздался топот ног.
Встал сосед Иван Петрович,
Ничего понять не мог.

Он ужасно возмутился,
И сказал сердито он:
– Почему всю ночь в передней
Кто-то топает, как слон?

Встала бабушка с кровати –
Всё равно вставать пора!
Это Лида в коридоре
Прыгать учится с утра.

Лида скачет по квартире
И сама считает вслух,
Но пока ей удаётся
Досчитать всего до двух.

Лида просит бабушку:
– Немножко поверти!
Я уже допрыгала
Почти до десяти.

– Ну, – сказала бабушка, –
Не хватит ли пока?
Внизу, наверно, сыплется
Извёстка с потолка.

Весна, весна на улице,
Весенние деньки!
Галдят грачи на дереве,
Гремят грузовики.

Шумная, весёлая,
Весенняя Москва.
Ещё не запылённая
Зелёная листва.

Вышла Лидочка вперёд,
Лида прыгалку берёт.

– Лида, Лида! Вот так Лида! –
Раздаются голоса. –
Посмотрите, эта Лида
Скачет целых полчаса!

– Я и прямо,
Я и боком,
С поворотом,
И с прискоком,
И с разбега,
И на месте,
И двумя ногами
Вместе...

Доскакала до угла.
– Я б не так ещё могла!

Весна, весна на улице,
Весенние деньки!
С книжками, с тетрадками
Идут ученики.

Полны веселья шумного
Бульвары и сады.
И сколько хочешь радуйся,
Скачи на все лады.

Арифметика

Четыре года Светику,
Он любит арифметику.

Светик радостную весть
Объявляет всем:
– Если к двум прибавить шесть –
Это будет семь!

Услыхав его слова,
Юра стал считать:
– Нет, к шести прибавить два –
Это будет пять!

Спор горячий начался,
Разделились голоса.

Загибает пальчики
Толстенькая Тая:
– Не мешайте, мальчики,
Тише! Я считаю!

Трудно шесть прибавить к двум,
Не смолкает крик и шум.

Тут как раз, на счастье,
Прибежала Настя.

Настя знает правила:
Два к шести прибавила,
И, скажи на милость,
Восемь получилось.

В школу

Почему сегодня Петя
Просыпался десять раз?
Потому что он сегодня
Поступает в первый класс.

Он теперь не просто мальчик,
А теперь он новичок,
У него на новой куртке
Отложной воротничок.

Он проснулся ночью тёмной,
Было только три часа.
Он ужасно испугался,
Что урок уж начался.

Он оделся в две минуты,
Со стола схватил пенал,
Папа бросился вдогонку,
У дверей его догнал.

За стеной соседи встали,
Электричество зажгли,
За стеной соседи встали,
А потом опять легли.

Разбудил он всю квартиру,
До утра заснуть не мог.
Даже бабушке приснилось,
Что она твердит урок.

Даже дедушке приснилось,
Что стоит он у доски
И не может он на карте
Отыскать Москвы-реки.

Почему сегодня Петя
Просыпался десять раз?
Потому что он сегодня
Поступает в первый класс.

УДК 821.161.1-1-93
ББК 84(2Рос=Рус)6
Б24

Литературно-художественное издание

Детям до трёх лет

Серия «ОЗОРНЫЕ КНИЖКИ»

БАРТО Агния Львовна
ВЕРЁВОЧКА

Стихи

Ответственный редактор *С.В. Рахманова*
Художественный редактор *Е.Р. Соколов*
Технический редактор *С.А. Грачёва*
Корректор *Т.С. Дмитриева*
Компьютерная вёрстка *И.И. Лысова*

ISBN 978-5-389-07231-2

Подписано в печать 26.05.2014. Формат 84×108 $^1/_{16}$.
Бумага офсетная. Гарнитура«SchoolBook»
Печать офсетная. Усл. печ. л. 1,68.
Тираж 20 000 экз. D-OK-15235-01-R. Заказ №0756/14.

16 с., с ил.

ООО «Издательская Группа «Азбука-Аттикус» –
обладатель товарного знака Machaon
119334, Москва, 5-й Донской проезд, д. 15, стр. 4
Тел. (495) 933-76-00, факс (495) 933-76-19
E-mail: sales@atticus-group.ru; info@azbooka-m.ru

www.azbooka.ru; www.atticus-group.ru

Отпечатано в соответствии с предоставленными материалами
в ООО «ИПК Парето-Принт». 170546, Тверская область,
Промышленная зона Боровлево-1, комплекс № 3А
www.pareto-print.ru

Знак информационной продукции
(Федеральный закон № 436-ФЗ
от 29.12.2010 г.) 0+